目录

秋

冬

春

夏

心

梦

秋

街灯依次点亮，
一盏一盏，
投下柔和的光影，
街道仿佛被编织成
一幅美丽的条纹画卷。

秋　天

街灯依次点亮，
一盏一盏，
投下柔和的光影，
街道仿佛被编织成
一幅美丽的条纹画卷。

秋

在条纹的亮处，
几个身着浴衣的行人
悠闲地走过。
而在条纹的暗处，
秋天悄悄地藏匿其间。

葫芦花

天上的星星低声问：
“葫芦花，你感到孤单吗？”
洁白的葫芦花抬起头，
微笑着回答：
“我并不孤单呀！”

时间慢慢流逝，
天上的星星不再说话，
只是在夜空中静静地闪烁。
葫芦花感到有些伤感，
默默地低下了头。

牵牛花（其一）

初秋的一天，
我乘着马车穿过小村庄，
那里有间被竹篱环绕的茅草屋，
小屋的围墙边，
开满了蓝色的牵牛花。
这些花朵似乎在对我微笑，
展现出热情的模样。
那一天，
阳光明媚，
秋色撩人。

两株草

两粒小小的种子是好朋友，
它们约定要一直在一起，
一起破土看美丽的世界。
其中一粒已经钻出来，
另一粒却不见踪影。
后一粒冒出头的时候，
前一粒已经长得很高。
在秋风中，
高个子的燕儿草左顾右盼，
四处张望，
寻找昔日的好朋友，
却早已不认识脚下
那株开着小花的五叶草。

橡子

橡子山上拾橡子，
把橡子放进帽子里，
装在围裙里。
下山啦，
帽子碍事怎么办？
万一滑倒怎么办？
只能扔掉橡子，
戴上帽子。
到了山脚下，
田野里开满了花。
采花啦，
围裙碍事怎么办？
只好把橡子全扔啦！

秋

老枫树

十一月的太阳对老枫树说：
“到季节啦！”
老枫树正在悠闲地打盹儿，
忘记给叶子染色了。

新库房的屋檐很高，
十一月的太阳只是微微露了露脸。
老枫树叶子就这样绿着，
轻轻地飘落下来。

梨核儿

梨核儿是要扔掉的，
所以吃掉它的孩子，
一定是个小气鬼；
梨核儿是要扔掉的，
但把它扔在地上的孩子，
一定是个坏孩子；
梨核儿是要扔掉的，
所以把它扔进垃圾箱的孩子，
一定是个乖孩子。

随地扔掉的梨核儿，
蚂蚁会吭哧吭哧地拖回家。
“谢谢啦，可爱的坏孩子！”
扔进垃圾箱的梨核儿，
打扫卫生的老爷爷一声不吭，
咣当咣当都运走。

桂花灯

屋子里红色的灯一亮，
窗外也亮起了同样的灯，
只是这些灯挂在桂花树上。
夜深了，
大家都睡觉了，
树叶和灯成了好朋友，
它们有说有笑，
还唱起了歌，
就像我们全家吃过晚饭的时候。
关上窗户，
睡觉吧，
因为我们醒着的时候，
叶子就不敢说话了。

初 秋

清凉的晚风吹过来。
若是在乡下，
此刻正是遥望海上云霞、
黑牛被牵着回家的时候。
鸦群飞过水蓝色的天空，
啼叫着归巢。

菜园里的茄子早已摘了吧？
稻穗也到了开花的时节吧？
而这冷冷清清的城市里，
只有房屋、尘土和天空。

秋天的来信

从山区寄到城市的信件里写道：
“柿子和栗子已经熟透，
山鹊和斑鸠的叫声荡漾在空气中，
整个山谷都沉浸在节日的氛围中。”

从城市寄到山区的回信中写道：
“燕子已经飞走，
柳树的叶子纷纷扬扬地飘落，
城市显得格外寂静、冷清。”

鱼满舱

晨光染红天际，
渔船满载而归，
船上堆满了大尾巴沙丁鱼。

海滨犹如节日般热闹，
人们欢声笑语，
庆祝海洋带来的礼物。
然而，
在那广阔的海域中，
无数沙丁鱼，
在为自己的同伴哀悼。

燕子的记事本

在宁静的清晨，
沙滩上有一本精致的小记事本，
红色的缎面，烫金的文字，
里面却一片空白。
这是谁遗落的呢？
我询问海浪，
只听见海浪哗啦啦地响。
四处寻觅，
却找不到任何蛛丝马迹，
沙滩上连一个脚印都没留下。

哦，

一定是在清晨时分，

飞回南方的燕子，

不慎将这本特意购买的

旅行日志遗落在这里。

月亮和云朵

在苍穹和原野之间，
月亮和云朵偶然相遇。
云朵匆匆，
月亮匆匆，
它们躲闪不及，
相互撞上。

“哎呀，对不起！”
月亮说着，
从云朵上大大咧咧地走过。

黄　昏

灰暗的山上，
红色的窗，
窗子里有什么？
空空的摇篮和含泪的母亲。

明朗的夜空，
金色的月亮，
月亮上悬挂着什么？
金色的摇篮和睡着的婴儿。

月光

一

月光从屋檐上偷看明亮的街道。
毫无察觉的人们，
像白天一样，
愉快地穿行在街道上。
月光注视着他们，
轻轻地叹息，
将众多无人需要的影子，
轻轻地丢在瓦片上。

人们走过街道，

仿佛鱼儿穿越光影的河流。

他们拖着无声的影子，

一步一步，

或深或浅，

或长或短，

变幻莫测。

二

月光发现一条阴暗、冷清的小巷，

匆匆飞了进去。

一个贫苦的孤儿，

惊讶地仰起头。

月光飞到孩子的眼睛里，

不让他有一点儿痛。

在月光下，
那些破旧的房屋，
仿佛是由银子打造的殿堂。
孩子很快睡着了，
月光依然静静地守在那里，
直到天亮。
破旧的板车，
破烂的伞，
甚至一株小草，
都在月光下显现。

车窗外

秋

山上一片红色，
是什么呢？
那是野漆树的叶子，
有些诡异的黑红色。
村里一片红色，
是什么呢？
那是熟透的柿子，
看起来很美味的橙红色。
天空中一片红色，
是什么呢？
那是火车的灯影，
一道长长的光束，
朦胧的红色。

蝈蝈儿爬山

小蝈蝈儿，爬山啦，
从清晨开始，一直爬山啦。
嗨哟嗨哟，嗨哟，嗨。

山上太阳升起，田野晨露未干，
我充满活力，跳得格外高。
嗨哟嗨哟，嗨哟，嗨。
山顶的天空，四周凉意袭人，
就连我的胡须都感受到了。
嗨哟嗨哟，嗨哟，嗨。

跳啊跳，拼命跳，
昨夜看到的那颗星星，
在那么遥远的地方，
我也能跳到。
嗨哟嗨哟，嗨哟，嗨。

太阳好遥远，这里好冷啊，
那座山，那座山，
还是那么遥远。
嗨哟嗨哟，嗨哟，嗨。

这朵花我见过——白桔梗花，

这是我昨夜栖身的地方啊。

嗨哟嗨哟，嗨哟，嗨。

山上月当空，田野夜露浓，

我还是喝点露水，睡一觉吧。

嗨哟嗨哟，嗨哟，嗨。

放河灯

昨夜，
河面上漂荡的灯笼，
摇摇晃晃地漂向何方？
向西，
向西，
一路漂荡，
直至海天相接处。
啊，
今天，
西边的天空染上了一抹红。

秋

水、风和娃娃

围着地球，
不停地转圈，
那是谁呢？
是水。
围着地球，
不停地转圈，
那是谁呢？
是风。
围着柿子树，
不停地转圈，
那又是谁呢？
是一群馋嘴的小娃娃。

夜里的风

夜里的风是顽皮的风，
自个儿吹着，
十分寂寞。
摇一摇树的叶子吧，
树叶被摇得做了一场乘船的梦。
摇一摇小草的叶子吧，
草叶被摇得做了一场荡秋千的梦。
夜里的风玩够了，
也会无聊地独自吹过天空。

冬

上面的雪，

一定很寒冷吧，

冰冷的月光照耀着它。

底下的雪，

一定很沉重吧，

被上百人踩踏着。

积 雪

上面的雪，
一定很寒冷吧，
冰冷的月光照耀着它。
底下的雪，
一定很沉重吧，
被上百人踩踏着。
中间的雪，
一定很孤寂吧，
既看不见天空，
也看不见大地。

去　年

在正月初一之前，
看见了那艘船，
扬起黑色的帆，
驶离港湾。
那艘船被今天的朝阳追逐，
载着已经逝去的旧年，
是的，就是去年。
那艘船离开了，
它会驶向何方呢？
会有港口等待去年的到来吗？
又有谁在期待去年呢？

看见了，看见了，
在正月初一之前，
去年，乘着一艘黑帆船，
向西，向西，逃离了。

冬

卖梦郎

新年的第一天，
卖梦郎要出发，
卖正月里的美梦。
装载宝物的船，
高如小山，
满载着正月里的美梦。
卖梦郎自然不会忘记遥远的乡下，
悄悄地，
将正月里的美梦，
送给那些孤独的孩子。

烟 花

细雪纷飞的夜晚，
在干枯的柳树下，
撑着伞漫步，
突然想起夏夜里，
在柳荫下绽放的烟花。
此刻，
多么希望见到在大雪中绽放的烟花。
细雪纷飞的夜晚，
在干枯的柳树下，
撑着伞漫步，
仿佛又看见，
很久以前四处飞溅的烟花。

北风之歌

半空中，
寒风的呼啸忽然停止，
我幻想着——
风在半空中说：
“你听，你听，
一支歌，我的歌，
住在冰原上鸟儿的歌声，
旷野里雪橇驰过的铃声，
全都由我带到这里。”
无人回应，
无人理睬。
在半空中，
寒风忽然感到孤寂。

夜　雪

大雪，小雪，
下雪的街道上走着一个盲人、
一个孩子。
明亮的窗内传来钢琴声，
盲人在听呢，
拄着拐杖，
雪花落在他手上。

孩子在看呢，

看着明亮的窗，

雪花点缀在她的短发上。

钢琴在唱歌，

真诚地为他们唱出春天的歌。

大雪，小雪，

轻轻地飞舞，

两个人的未来，

会变得温暖又美丽吧！

玻 璃

我想起了一个下雪天，
地上散落着碎玻璃。
过一会儿再捡吧，
可是碎玻璃一直没有被捡起。
每次看到那只跛脚的狗，
我就会想，
那一天，
它是否曾经路过我家窗下。
忘不了，
下雪的那一天，
在雪地里闪闪发光的碎玻璃。

白帽子

白色的帽子，
温暖的帽子，
难以忘怀的帽子。
不过，算了吧，
丢失的东西就是丢失了。

只是，亲爱的帽子，
我请求你，
不要掉进水沟，
而是找一棵高高的树，
挂在树枝上，
为像我一样笨手笨脚、
不会筑巢的小鸟，
做一个温暖的窝吧！
白色的帽子，
毛茸茸的帽子。

海港之夜

阴沉沉的夜晚，
小星星在颤抖，
一颗星星。
寒冷的夜晚，
船灯在水面上摇曳，
两盏船灯。
寂寞的夜晚，
海的眼睛闪烁着，
三只眼睛。

没有妈妈的小野鸭

月亮结冰了，
冰雹砸击着枯叶，
哗啦哗啦。
冰雹不停地下着，
月亮啊，在云里穿行。
月亮结冰了，
池塘也结冰了，
没有妈妈的小野鸭，
你怎么入睡呢？

羽绒被

温暖的羽绒被，
送给谁好呢？
送给在门外睡觉的小狗吧！
“不要送给我，”小狗说，
“后山有一棵松树，
正孤零零地被风吹呢！”
“不要送给我，”松树说，
“睡在原野里的枯草，
还穿着寒霜的外套呢！”

“不要送给我，”小草说，
“睡在池塘里的小鸭子，
还盖着冰被子呢！”
“不要送给我，”小鸭子说，
“雪屋上的星星，
整夜都冻得直发抖呢！”
温暖的羽绒被，
送给谁好呢？
还是我盖着睡觉吧！

苹果园

在北斗七星下，

有一个无人知晓的雪国，

雪国有一座苹果园，

园中没有围栏，

也没人看管，

唯有老树的粗枝上挂着一口大钟。

孩子们来了，
摘下一个苹果，
钟声便响起。
每一声钟响，
都会开出一朵花。
坐在雪橇上的游人，
在北斗七星下，
听到远处的钟声，
冰封的心融化了，
变成一滴眼泪。

春

樱花，山樱花，
盛开的山樱花，
我将它插在头发上，
仿佛变成了山神的公主。

星星和蒲公英

遥远的天空，
星星点点，
数也数不尽。
它们如同海底的小石子，
在天黑之前难觅踪影。
即便看不见，
它们依然存在。
这就对了，
看不见的东西，
也是存在的。

被风吹散的蒲公英，

飘落在瓦砾的夹缝里，

在春天到来之前，

静静等待。

即便看不见，

种子也在那里。

这就对了，

看不见的东西，

也是存在的。

紫云英盛开的田野

紫云英盛开的田野，
就要耕种了。
老黑牛目光慈祥，
牵引着犁铧缓缓前行，
花朵与叶片逐一被掩埋于
深沉的泥土中。
高空中，
云雀欢快地鸣唱不止，
紫云英盛开的田野即将开始耕耘。

鱼儿的春天

海藻开始萌发，
海水逐渐呈现出一抹新绿。
想必天际之国
也迎来了春光明媚的季节。
抬头望去，
阳光刺目耀眼，
一条小飞鱼跃出海面。
来吧，来吧，
让我们在新生的海藻丛中
玩捉迷藏吧！

树　叶

月光轻柔地覆盖着大地，
月亮低声细语：
“睡吧，睡吧。”
它一边抚摸着夜色，
一边轻唱摇篮曲，
温柔地守护宁静的夜晚。
当晨曦初现，
风儿轻轻地摇晃树梢，喊道：
“醒来吧，醒来吧。”
它带着清晨的气息，
唤醒沉睡的一切。

白日里，

小鸟们成了守护者，

它们围绕着树枝，

欢快地歌唱，

忙碌地穿梭，

共同照料着那些嫩绿的小树叶。

这些小树叶如同婴儿般

汲取着大自然的养分，

慢慢成长。

不知不觉中，

它们已经长大了。

摇篮曲

夜幕降临，
一切归于宁静。
紫云英准备入睡，
把细长的绿色脖颈低垂。
夜深了，
山坡上的小白屋也要休息，
蓝色的窗户紧闭，
仿佛合上了眼睛。
在这宁静的夜晚，
唯有街道上的路灯与森林中的猫头鹰
仍旧睁大眼睛，
守护夜的安宁。

明　天

在城市的街道上，
一个小孩紧握着母亲的手，
我隐约听到他们说“明天”。
街道的尽头，
晚霞绽放在天际，
如火焰般绚烂。
众人皆知，
春天终将到来。
不知何故，
每当听到“明天”二字，
我的心便不由自主地涌起喜悦。

四月

崭新的课本，
装进崭新的书包里。
崭新的叶片，
长在崭新的树枝上。
崭新的太阳，
挂在崭新的天空上。
崭新的四月，
伴随着崭新的快乐。

春　日

云的倩影，
自一座山巅飘至另一座山巅；
春日的鸟儿，
从一棵树飞向另一棵树；
孩子的眼睛，
从这片天空移向另一片天空；
白日的梦境，
从天空飞向天外。

樱花树

如果妈妈不责备我，
我多想爬上那樱花盛开的树梢，
爬到第一根树枝上，
俯瞰晨雾中的城市，
宛如神话中的王国。
坐在第三根树枝上，
花朵将我环绕，
我成了花仙子，
挥一挥手，
便觉尘埃里也开出花来。
如果无人察觉，
我真想一下子爬上那树梢。

山樱花

樱花，山樱花，
盛开的山樱花，
我将它插在头发上，
仿佛变成了山神的公主。
樱花，山樱花，
盛开的山樱花，
我站在那棵树下，
山神的公主婀娜多姿。
樱花，山樱花，
盛开的山樱花，
为我跳个舞吧，
山神的公主温柔地请求。

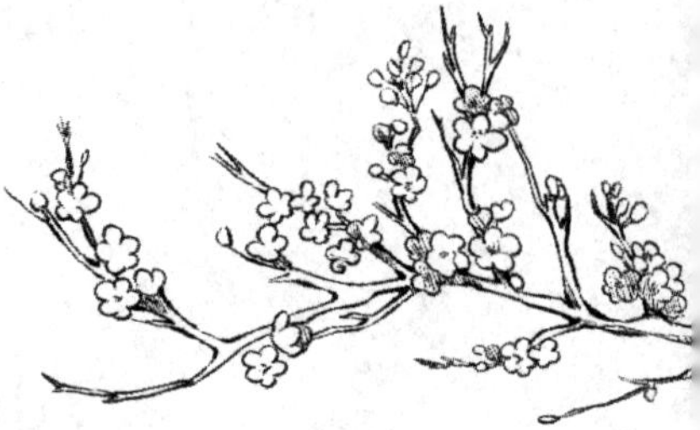

樱花，山樱花，
盛开的山樱花，
花瓣轻盈起舞，
给山神的公主献舞。
樱花，山樱花，
盛开的山樱花，
甚至头顶的花朵也飘落下来，
沿着山路飘然而去。

我、小鸟和铃铛

我伸展双臂，
却无法像小鸟一样飞翔，
小鸟也无法像我一样在大地上奔忙。
我摇动身躯，
却无法像铃铛一样发出清脆的声响，
发出声响的铃铛
也无法像我一样欢快地歌唱。
我、小鸟和铃铛，
各不相同，
各自美好。

春天的早晨

麻雀喳喳叫，
天气好晴朗，
迷迷糊糊，
迷迷糊糊，
我要睡懒觉。

上眼皮想睁开，
下眼皮仍不愿离开梦乡，
迷迷糊糊，
迷迷糊糊，
我要睡懒觉。

茅草花

茅草花，茅草花，
雪白的茅草花，
生长在河堤上。
我能否摘一枝？
茅草花摇摇头，
它只愿静静地开放。
在傍晚的微风中，
茅草花轻轻飘起，
飞到天上，
变成一朵朵白云。

紫云英

边听云雀唱歌边采花，
不知不觉采了一大把。
将花带回家，
花儿会枯萎，
枯萎后就会被扔掉，
就像昨天那样，
被扔进垃圾箱。
在回家的路上，
我看到没有花的地方，
将花儿纷纷撒下，
就像春天的使者一样。

麦芽儿

农民伯伯把麦种播撒在田地里。
每天晚上都会降霜，
而每天清晨，
朝阳会融化白霜，
田地里湿漉漉的，一片黑漆漆。
一天晚上，
有人来到田地，
挥动着拐杖，说道：
“孩子们，孩子们，快出来吧！”
第二天，
启明星和农民伯伯一起发现，
田地里到处都是麦芽儿。

天空和大海

春天的天空明亮得
如丝绸般闪耀，
为何如此明亮？
因为天上的星星
闪闪发光。

春天的大海明亮得
如贝壳般闪耀，
为何如此明亮？
因为大海中的珍珠
放射出绚丽光芒。

春天的织布机

咚、咚、咚隆咚，
很久以前，
春天女神启动了织布机。
她将麦子织成绿色，
将油菜籽织成黄色，
将紫云英织成紫色，
将云雾织成白色。
五种颜色的织线用了四种，
剩下的都织成蓝色。
咚、咚、咚隆咚，
春天女神织出了蔚蓝的天空。

天空的颜色

大海，大海，
为何是蓝色的？
因为它映着蔚蓝的天空。
当天空阴沉时，
大海也灰蒙蒙的。
晚霞，晚霞，
为何是红色的？
夕阳的余晖染红了天空。
正午的太阳并不是蓝色的，
为何天空是蓝色的？
天空，天空，
你为何是蓝色的？

日月贝

西边的天空呈现茜红色，
火红的太阳缓缓沉入大海。
东边的天空呈现珍珠白，
一轮又圆又黄的月亮高悬。
黄昏时落下的太阳和黎明时
西沉的月亮，
在深邃的海底相遇了。
有一天，
渔夫捡到了一个
一面红色、一面浅黄的日月贝。

贝壳和月亮

浸在染缸中的白色丝线，
变成了蓝色。
浸在蓝色大海中的白色贝壳，
为何依然保持着它的白色？

夕阳西下，
白色的云被染成了红色。
深蓝色的夜空中，
月亮被染了一夜，
为何依然是白色的呢？

花 魂

花儿凋谢了，
花魂会在西天菩萨的
花园里得到重生。
因为花儿如此善良，
太阳一呼唤，
它便欢快地绽放，
展现笑颜，
将甜蜜献给蝴蝶，
将芬芳留给人间。
风儿一招手，
它便随风而去，
即便是枯萎的花瓣，
也被用来装点过家家的饭桌。

树

一只小鸟落在树梢上，
一个孩子在树荫下荡秋千。
嫩嫩的小树叶，
隐藏在树芽之中。
树啊，
树啊，
你是多么快乐！

桃花瓣

碧绿的春草上，
桃树轻撒花瓣。
干涸的竹墙内，
桃树轻撒花瓣。
潮湿的田野间，
桃树轻撒花瓣。
太阳公公高兴地呼唤花精灵：
“从春草上、竹墙内、田野间
升起来吧，花精灵。”

土　地

一次一次被翻动的土地，
变成了良田，
生长出金黄的麦穗。
从清晨到黄昏，
被踩踏的土地，
变成了宽阔的大路，
车辆畅通无阻。
未经翻动的土地，
未经踩踏的土地，
难道就毫无用处吗？
不，不是，
许多无名的小草，
在那里快乐地生长。

杉树和杉菜

一棵杉树轻唱着：
“在山的那边，
辽阔的大海上，
我看见，
蝴蝶般翩翩起舞的三面白帆。”

一棵杉树轻唱着：
“在山的那边，
繁华的城市里，
我看见，
青铜雕塑的鱼在喷泉中嬉戏。”

一棵杉树下，

杉菜轻唱着：

“有一天，

我也要长得像你一样高，

眺望远方的风景。”

藏好了吗

——藏好了吗？
——还没有呢！
在枇杷树下，
在牡丹丛中，
玩捉迷藏的孩子们。

——藏好了吗？
——还没有呢！
在枇杷树枝上，
在绿色的果实中，
小鸟和枇杷果。

——藏好了吗？

——还没有呢！

在蔚蓝的天空中，

在肥沃的黑土里，

夏天和春天。

夏

向着明亮那方，

向着明亮那方。

在密集的灌木丛，

哪怕是最微小的草叶，

也始终努力地向着阳光生长。

向着明亮那方

向着明亮那方，
向着明亮那方。
在密集的灌木丛，
哪怕是最微小的草叶，
也始终努力地向着阳光生长。
向着明亮那方，
向着明亮那方。
在漆黑的夜里，
小虫子艰难飞行，
即便翅膀受了伤，
依然追寻那一闪一闪的灯火。

向着明亮那方，

向着明亮那方。

在家的孩子们，

虽然空间有限，

他们的心灵却总是向着阳光，

渴望着温暖和光明的拥抱，

让心灵自由呼吸和成长。

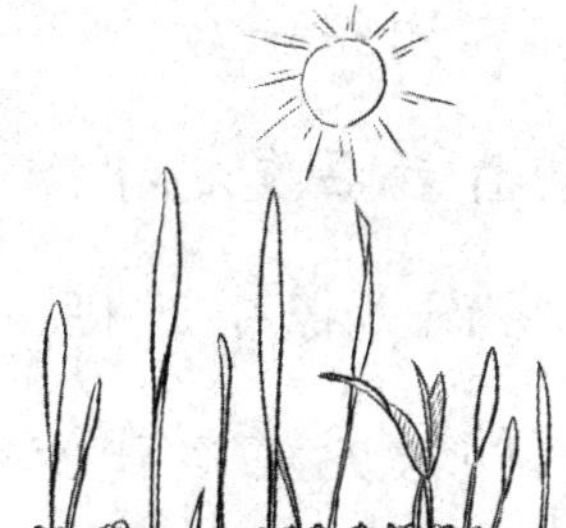

海 浪

海浪仿佛顽皮的孩子们，
手拉着手，
边跑边笑，
一起冲向海岸线。
它们像天然的橡皮擦，
轻轻地抹去沙滩上的所有痕迹；
它们也像勇敢的战士，
从大海深处汹涌而来，
团结一致，
向着岩石发起冲锋；
它们更像小迷糊，
把漂亮的贝壳遗落在沙滩上。

海的尽头

白云从远方飘来，
彩虹也在远方绽放。
我想坐上小船，
划向海的尽头，
可惜太远。
天色渐晚，
一切都变得模糊不清。
我想去海的尽头，
就像采摘红枣一样，
摘下一篮美丽的星星。

云

我想变成一朵云，
一朵棉花一样轻飘飘的云。
白天，
自由自在地穿行于蓝天。
夜晚，
与月亮仙子捉迷藏。
玩够了，
我就变成雨滴，
与雷公结伴，
一同跳进池塘里。

急雨蝉声

火车窗外满是蝉声，
我独自一人，
在黄昏的包围中，
闭上了眼。
在那暗影里，
金黄与翠绿交织，
百合花盛开着。
当我睁开眼，
看向车窗外，
那些不知名字的山峦，
沐浴在落日余晖中，
蝉鸣声声不断，
如暴雨般倾泻而下。

暴风雨之夜

狂风呼啸，
海浪怒吼。
海岸线上，
灯塔守护者独自低语。
在这深处，
在这海底，
是否藏有未发现的珍珠？

风的旋涡，
云的旋涡。
高悬于旋涡之上，
蓝色星辰默默诉说。
在这深处，
在这海底，
昨夜的花蕾是否绽放？

海螺的家

清晨，
海边的沙滩上响起了敲门声：
“咚咚咚！我是送奶的，
有人想尝尝海豚奶吗？”
声音在晨光中回荡。
中午时分，
海草丛传来急促的呼喊：
“号外！号外！
一条鲸鱼被渔网困住了！”
海面上波光粼粼，
消息如同波浪般迅速扩散。

深夜时，

礁石后再次响起敲门声：

“咚咚咚！快来接收电报！”

然而，

门内依旧是一片寂静。

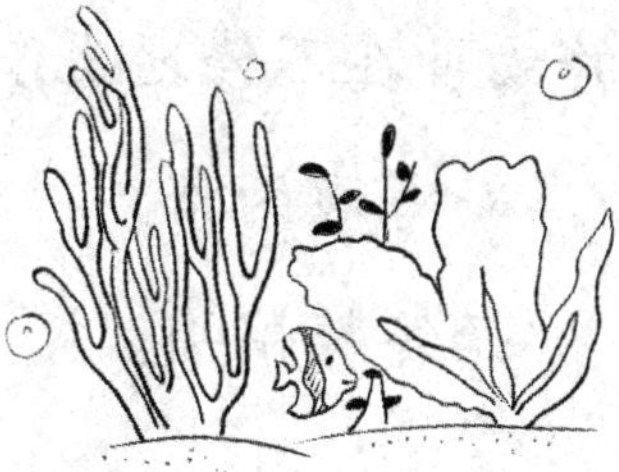

海螺是不是感冒了？
还是不在家？
或者只是在沉睡？
无论黎明还是黄昏，
海螺的家始终静悄悄的。

这是大海在一天之中的三个片段，
从黎明的送奶员到午后的紧急新闻，
再到深夜的急电，
海的故事在不停地上演，
而海螺的家，
始终静悄悄。

海浪的摇篮曲

安睡吧，安睡吧，
海浪在岸边轻轻地拍打着。
深海之中，
小贝壳在海草的摇篮中沉睡。
安睡吧，安睡吧，
顽皮的海浪旁，
圆圆的月亮缓缓升起。
岸上的小螃蟹们，
在细软的沙床中进入梦乡。
轻拍着，轻拍着，
安睡吧，安睡吧，
直到黎明带来褪色的星光。

船　帆

抵达港湾的船只，
悬挂着磨损的灰帆，
却能航向深远的海域。
它升起的是洁白的帆，
在遥远的海面上，
那艘船，请永不归港，
只要留在海与天的辽阔之间，
永远展开那片白帆，
熠熠生辉，
向着远方航行。

露珠

请保守这个秘密，

好吗？

在清晨的庭院一隅，

花朵默默地流泪。

倘若这件小事被传扬出去，

一旦飘进蜜蜂的耳朵里，

它们或许会感到内疚，

像是做了什么错事，

飞回巢中，

归还蜂蜜。

草蚊子之歌

嗡嗡嗡——
在树荫的遮蔽下，
我发现了一辆婴儿车，
一个小宝宝正睡着，
非常可爱。
那张小小的脸，
让人忍不住想要亲吻。

哇哇哇——

小宝宝大声哭起来。

我环顾四周，

也不见保姆的踪影。

她是不是去采花了？

我想飞到她耳边，

告诉她宝宝醒了。

这时，一只手挥过来，

差点打到我，

真是太惊险了！

哎哟哟，哎哟哟，

好在最后安然无恙，

捡了一条小命！

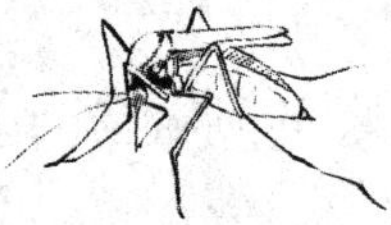

邻居的杏树

当花朵盛开时，
无论是雨中还是月夜，
总有人前来欣赏。
当花朵凋零时，
飘落的花瓣轻轻飞过院墙。
当叶片之下的果实成熟，
人们只记得果实的甜美，
却忘了树本身。
杏子终于熟透，
人们纷纷前来采摘。
多亏邻居的好意，
我也品尝了两颗甘甜的杏子。

千屈菜

沿着河岸生长的千屈菜，
开出无人知晓的花朵。
河流缓缓地流着，
一直汇入广阔的大海。

大海里有一滴很小的水珠，
它源自千屈菜花蕾的一滴露水。
那些无人识得的千屈菜花，
它的美丽被露水永久珍藏。

再 见

妈妈，
请您稍等一会儿，
我正忙着呢。
马厩里的马儿，
鸡窝里的小鸡，
还有它们可爱的孩子们，
我得和它们挥手告别，
我还打算上山去，
向昨天遇见的樵夫问个好。

妈妈，

请您稍等一会儿，

我还有些事情没完成呢。

一旦回城，

路旁的鸭跖草和蓼花就再也见不到，

这朵花，那朵花，

我要好好看看它们。

妈妈，

请您稍等一会儿。

水井边

妈妈正在洗衣服，
我偶然瞥见洗衣盆里的情景：
肥皂泡中有无数小小的天空在闪烁，
还映射出许多小小的我。
原来我可以变得这么小啊，
原来我可以变得这么多啊，
我仿佛成了一个魔法师。

让我们玩一个有趣的游戏吧！
吊桶的绳子上停着一只蜜蜂，
我也化身为蜜蜂，
与它共同嬉戏。
转眼间，
我就消失不见了，
妈妈，请不要担心，
我就在这里，
在天空中飞呢。
天空是多么蓝啊，
我用翅膀轻轻碰一碰，
心情无比愉悦。

玩累了，
我便停歇在石竹花上，
一边品尝花蜜，
一边聆听花儿们的对话。
如果我不是变成了小蜜蜂，
怎么能听到这些悄悄话，
一直听到傍晚。
我好像真的变成了一只蜜蜂，
在天空中飞翔，
感受着难以言喻的快乐。

夜里凋落的花

在清晨的光芒中，
花瓣轻轻飘落，
麻雀跳跃着，
在旁相伴。
在夜幕的微风里，
花瓣悄然落下，
晚钟的歌声，
伴随着它们。
而在深夜，
花瓣孤单地飘落，
谁将是它们的伴侣？
又有谁会来陪伴这些飘落的花瓣呢？

雨　后

背阴处的树叶，
就像一个爱哭的孩子，
泣不成声。
面向阳光的树叶，
展开笑颜，
脸颊上的泪痕早已消失。
谁有小手帕，
快借给背阴处的树叶，
那个容易落泪的孩子。

杉　树

“妈妈，我长大后会变成什么样？”
小杉树在思考着：
等我长大，
我想像山巅的百合一样，
开出散发着芬芳的花朵；
等我长大，
我想像山脚下的黄莺一样，
唱出细腻动听的旋律。

“妈妈，我长大后究竟会变成什么样？”

小杉树询问着，

但它的妈妈已经不在身边。

大山沉声回应道：

“成为像妈妈一样的杉树，

就足够了。”

野蔷薇

白色的花瓣在带刺的枝条间绽放，
“哎呀，这一定很痛吧？”
轻风匆匆赶来，
试图温柔地提供帮助，
然而，
轻轻一触，
花瓣簌簌飘落。

白色的花瓣落在地上，
“哎呀，这里多冷啊！”
太阳渐渐升高，
温柔地照过来，
一阵暖意拂过，
那些花瓣已变成茶色，
悄然枯萎了。

猜　谜

快来猜谜语啦！
什么东西虽然无处不在，
却永远无法捉住？
在广阔的海洋里，
那清澈的蓝水，
一旦你试图把它握在手中，
它的颜色就消失无踪啦。

快来猜谜语啦！
什么东西虽然看不见，
却能轻易捕捉到？
在炎热的夏日正午，
那轻柔的微风，
只需一把蒲扇，
便能轻松地捕捉到啦。

夏天

夏天是个顽童，
他晚上喜欢熬夜，
早上又爱睡懒觉。
深夜，
当我进入梦乡，
他在外与繁星共舞；
待到清晨，
牵牛花伸展着腰肢醒来，
他依旧沉浸在甜美的梦中。
此刻，
轻柔的风拂过，
带来一丝丝凉爽，
令人心旷神怡。

风

天空中有一位隐形的牧羊人，
肉眼无法捕捉他的身影。
他追逐着羊群，
穿梭在山路上。
夜幕降临，
他们一起奔向荒野的边缘，
羊群聚集成白色的海洋。
在牧羊人的指引下，
羊群在落日的余晖中
被染上了一抹红色。
远方，一阵笛音飘来，
荒野中，
回荡着悠扬的旋律。

草原之夜

白天，
牛儿啃食着翠绿的草叶。
夜晚，
月光轻抚过的每一寸土地，
小草迅速生长，
为了让牛儿明天再来品尝。
白天，
孩子们欢笑着采摘花朵。
夜晚，
天使经过那里，
脚踩过的地方又长出花来，
为了让孩子们明天再来寻找。

蔬菜店的鸽子

三只小鸽子在蔬菜店的屋檐上，
它们“咕咕咕”地叫着。
深紫色的茄子，
嫩绿的卷心菜，
还有闪耀着光泽的红草莓。
这些小鸽子想要选购些什么呢？
只见它们振动着洁白的羽翼，
在屋檐上“咕咕咕”地叫着，
仿佛在讨论着什么。

这条路

在这条道路的尽头，
或许隐藏着一片浩瀚的森林。
孤独的朴树啊，
让我们一同前往探索。

在这条道路的尽头，
可能是一片无垠的海洋。
池塘里的青蛙啊，
让我们一起踏上旅程。

在这条道路的尽头，
或许有一座繁华的都市。
孤单的稻草人啊，
让我们一起奔赴这趟旅行。

在这条道路的尽头，
一定有些未知在等着我们。
让我们携手，
共同探索这条路的奥秘。

牵牛花（其二）

东边开着蓝色的牵牛花，
西边开着白色的牵牛花。
一只忙碌的小蜜蜂，
在两朵花之间愉快地穿梭。
太阳高悬，
温暖地照耀着两朵花。
随后，
蓝色牵牛花朝东边凋谢，
白色牵牛花朝西边枯萎。
这个小故事结束了，
再见啦！

草　原

想象一下吧，
赤足行走在露水覆盖的草原，
脚底可能会染上一层淡淡的绿色，
还透着草叶的气息。
继续这样漫步，
仿佛自己也变成了草原的一部分。
假如真要变成一株草，
我愿化作一朵绽放的花儿，
在风中微笑。

知了的外衣

妈妈，
在屋后的树荫下，
有一件知了的外衣。
知了一定是因为炎热才脱下它，
然后忘记了，
就飞走了。
到了晚上，
知了一定很冷吧，
我要把外衣送到哪儿去呢？

心

我偷偷藏起一颗糖果，
那是弟弟的糖果。
我想我才不会去吃呢，
可我却吃掉了那颗糖果。
如果妈妈告诉他有两颗，
那该怎么办才好呢？

一个接一个

在月光下玩踩影子游戏时，
大人催我：“快回家睡觉啦！”
（我真想再多玩一会儿啊！）
不过，回家睡着了，
就可以做美梦啦。
我正做着美梦，
大人催我：“快点儿去上学！”
（要是没有学校就好了。）
不过，去了学校，
就能见到小伙伴了，
多么开心啊！

在操场上玩游戏的时候，

上课铃声响了，

（要是没有上课铃声就好了。）

不过，听老师讲故事，

也很有趣啊。

别的孩子也这样吗？

他们也像我一样，

这么想吗？

辩天岛

“这座小岛实在太迷人了，
遗憾的是，它只能留在这里。
我好想用渔网拖走它。”
从北方来的渔夫笑着对我说。
我明白他在说笑，
但夜深人静的时候，
我感到些许不安。
天刚亮，
我便心急如焚地赶往海边。
只见小岛依旧静静地浮在海面上，
晨光环绕，
绿意如常。

爱哭鬼

曾在某个地方听人说过：
“那些爱哭的、
讨厌的小虫子，
就应该被夹起来扔掉。”

我偷偷环顾四周，
在樱花树翠绿的叶片间，
正巧趴着一只小毛虫。

旋转塔的影子投在地面上，
运动场异常空旷。
远处的校园里，
风琴的声音悠扬地回荡。

现在进屋多么难为情，
我摆弄着樱花树的叶子暗自想。

指 甲

大拇指的指甲长着扁宽脸，
神采奕奕，
就像我们的老师。
食指的指甲长着歪歪脸，
马上就要哭出来的样子，
似小丑般滑稽。
中指的指甲长着圆圆脸，
常含笑意，
似昔日的大姐姐。

无名指的指甲长着四方脸，
沉思不语，
就像那次旅途中遇见的叔叔。
小拇指的指甲是瓜子脸，
美丽绝伦，
它像谁呢？
仿佛在哪儿见过。

大人的玩具

大人挥舞着铁锹，
在田间劳作，
播撒希望。
大人驾驶着木船，
迎着波涛，
去海里打鱼。
大人是身穿战袍的将军，
指挥战士们前行。

而我拥有的士兵，
是不会动的木偶。
我的小船，
是脆弱的纸船。
我的铁锹，
是一把小勺。
想到这些，
真是太失望了，
我多想拥有大人的玩具啊！

邻居家的小孩

手中剥着蚕豆，
耳边却听到动静，
邻居家的小孩又挨骂了。
好想偷偷去看一看，
但又觉得不太合适。
手里攥着蚕豆，
走出门外探个究竟，
手里攥着蚕豆，
又悄悄地溜了回来。
到底做了什么，
让大人这么生气呢？
邻居家的小孩又挨骂了。

有谁说真话

有谁说真话呢？
邻居阿姨总是对我赞不绝口，
她的笑容里藏着什么秘密？
有谁说真话呢？
我询问花朵，
它们只是轻轻摇头，
也许美丽让它们保持沉默。
有谁说真话呢？
我向天空中的小鸟提问，
它们却飞走了。
这肯定是不可言说的秘密，
所以它们不声不响地飞走。

有谁说真话呢?

我想问妈妈,

又犹豫了。

(在妈妈眼中,

我是那个可爱的孩子,

还是那个淘气的孩子?)

有谁说真话呢?

告诉我关于我的事。

我的头发

我的头发又黑又亮，
因为妈妈经常抚摸它。
我的鼻子又扁又塌，
因为我总是擤它。
我的围裙洁白如新，
因为妈妈勤洗它。
我的皮肤黝黑，
因为我总是偷偷地吃炒豆子。

心

妈妈是一个大人，
个子比我高很多。
可是妈妈的心却小小的，
因为妈妈说，
她的心里只能装下我。
我是个小孩，
个子小小的，
可是我的心却大大的，
因为即便有那么大的妈妈，
也装不满我的心，
我还有许多事情要思考呢！

有一次

走到能看见家的拐角处，
勾起了我的回忆。
我没听妈妈的嘱咐，
当时，妈妈说：
“黄昏前别离开。”
然而，
小伙伴们前来邀我，
我忘记叮嘱，
跑出去玩了。

我没听妈妈的话，
心中一直感到愧疚，
但我不会乱想，
因为我知道，
只要我快乐无忧，
妈妈依然会爱我啊！

没有玩具的孩子

没有玩具的孩子，
在寂寞时，
得到玩具会让他开心吗？
没有妈妈的孩子，
在伤心时，
见到妈妈会让他高兴吗？
妈妈温柔地抚摸着我的头发，
我的玩具多得连盒子都装不下，
可我依然感到寂寞，
要得到什么才能让我快乐呢？

受伤的手指

手指上缠着白色的绷带，
看上去好疼，
我忍不住哭了。
我借来姐姐的彩带，
用红白斑点的彩带系成裙子，
我的手指变成了可爱的小人偶。
再在指甲上画一个笑脸，
不知不觉就忘了疼。

倒刺

抚摸它，舔它，还是疼，
小手指上长了一根倒刺。
想起来了，
想起来了，
姐姐曾经说过，
不听话的孩子，
手指头上才会长倒刺。
难道是因为前天哭闹？
还是昨天干活儿偷懒？
是不是跟妈妈道个歉，
手指头就不疼了？

月亮和姐姐

我走路的时候，
月亮也跟着我走，
多好的月亮啊！
要是每天晚上，
都能挂在天上，
那就是更好的月亮了。
我笑的时候，
姐姐也跟着我笑，
多好的姐姐啊！
要是她只要有空，
就来陪我玩耍，
那就是更好的姐姐了。

糖果

我偷偷藏起一颗糖果，
那是弟弟的糖果。
我想他才不会吃呢，
于是我吃掉了那颗糖果。
如果妈妈告诉他有两颗，
那我该怎么办才好呢？
放下，拿起，
拿起，又放下，
弟弟还不回来，
我又吃掉了第二颗糖果。
唉，
苦涩的糖果，
伤心的糖果。

船上的家

我的家在船上，
住着爸爸、妈妈、哥哥和我，
一家人在一起，
真快乐呀！

卸完货物，
天色已晚，
桅杆上挂着明亮的灯笼，
一家人围着温暖的火炉，
我在爸爸的怀里听故事，
渐渐入睡。

东方泛白，
船儿迎着晨风扬帆，
驶出港湾，
驶向广阔的大海。
晨雾散去，
便能看到海鸟，
还有在粼粼波光里
畅游的鱼儿。

午后，起风了，
海浪一层一层卷起，
在霞光的映衬下，
大海比花儿还美丽。
海水煮的饭香喷喷，
船上的阳光暖洋洋，
风吹得船帆鼓鼓的，
航行在广阔的大海上，
船上的家真快乐呀！

奇怪的事

我奇怪得不得了，
乌云中落下的雨水，
居然闪着银色的光。
我奇怪得不得了，
吃着绿色桑叶的蚕，
竟然长成了洁白的颜色。
我奇怪得不得了，
没人触碰的葫芦花，
竟然自己就能绽放。
我奇怪得不得了，
问谁谁都笑着说：
“那是当然的啦！”

麻　雀

有时候，
我想邀请麻雀到家里做客，
给它们取个名字，
训练它们站在我的肩膀上，
带它们到外面玩耍。
然而，
这也只是想一想罢了，
因为我的游戏太多了，
总是把邀请麻雀的事情忘记。
即使我想起来，
也常常是在找不到麻雀的夜晚。

你说，

如果麻雀们知道了我的想法，

它们一定会傻傻地等待吧。

我，真是一个不负责任的孩子呀！

心

女孩子

女孩子，
不乱爬树才算得上规矩。
如果骑竹马，
就会被称为疯丫头，
如果玩陀螺，
就会被称为大傻瓜。
我知道这些，
因为每一样我都挨过骂。

魔法手杖

在春日的护城河边，
玩具店老板沉沉睡去。
我躲在柳树荫下，
轻轻摇晃手中的魔杖，
玩具店里的玩具都活了过来：
橡皮鸽子扇起翅膀，
纸糊的老虎低声咆哮……
如果真是这样，
玩具店老板
会露出什么表情呢？

魔术师的掌心

桃子里变出桃太郎，
甜瓜里变出瓜公主，
鸡蛋里变出小鸡，
种子里变出树苗，
群山里变出太阳，
大海里变出云岭，
白鸽从魔术师的掌心
里变出来，
我是从哪位魔术师的掌心里
变出来的呢？

鱼儿出嫁

鱼儿公主要出嫁，
嫁到对面的小岛上。
长长的队伍排到岸边，
银光闪闪，
放射着光芒。
岛上的月亮舞动起来，
提着灯笼，
忙着迎亲。
这壮观的队伍啊，
蜿蜒在浩瀚的海面上。

白天的月亮

宛如肥皂泡一般的月亮啊，
一阵风吹过，
便破碎消失的月亮啊。
此时，
在遥远的异国，
夜幕已经降临，
一队旅行的人，
正穿越茫茫沙漠。
白天的月亮，
请加快脚步，
到沙漠上空，
为旅人照亮前行的路。

深夜的天空

大人和草木入睡时，
天空依然忙个不停。
每一颗闪烁的星星，
都怀揽着一个美丽的梦。
为了将这些梦
送到每个人的床边，
星星们在天空中
不知疲倦地穿梭、往返。

在黎明前，
露珠女神为了将露珠洒到
小镇露台的花朵上、
深山草木的叶片上，
她驾着银色马车飞驰而去。
花朵和孩子们入睡时，
天空依然忙碌不停。

纸　窗

屋内的纸窗宛如高楼。
纯白美丽的石头楼，
拔地而起、高耸入云，
共有十二层，
四十八个房间。
一只苍蝇住了一间，
其余房间都空着。

四十七个空房间，

还会有谁来入住呢？

那扇敞开的小窗，

哪个孩子会探进头来窥视呢？

其实那扇窗，

是我赌气时用手指戳开的窗孔。

我独自一人久久地凝视着，

透过小窗口看见的蓝天，

渐渐暗淡下去。

玫瑰小镇

一条绿荫小径，
沾满晶莹的露珠。
在小径尽头，
有一间玫瑰花屋，
飘散着阵阵芬芳。
玫瑰花屋随风摇曳，
小精灵从窗中探出金色的翅膀，
与邻居交谈。

我轻轻地敲了敲门，

窗户和小精灵都消失了，

只留下花屋在风中摇啊摇。

在玫瑰色的清晨，

我来到玫瑰小镇，

看到一间玫瑰花屋。

睡　衣

时钟敲响，

八点整。

妈妈为我穿上睡衣，

雪白雪白的睡衣。

穿着它睡觉，

做的都是白色的梦。

穿着白天的花衣裳睡觉，

我就会变成花朵。

穿着做客的蝴蝶结外衣睡觉，

我就会变成蝴蝶。

可是妈妈让我穿，

我就听话地穿上我的白睡衣。

如果我是花儿

如果我是花儿，
我一定是个乖孩子吧，
不会说话，
不会走路，
我还能捣蛋吗？
倘若有人经过，
说我是朵讨厌的花儿，
我一生气，
就会枯萎了吧。
如果我变成了一朵花儿，
我还是不能成为乖孩子吧，
就像一朵真正的花儿那样。

金　鱼

月亮轻轻地呼吸，
月光明亮、柔和，
让人怀念。
花儿轻轻地呼吸，
花香满园，
沁人心脾。
金鱼轻轻地呼吸，
吐出一颗颗
像宝石一样美丽的泡泡，
就像童话里
那个可怜的女孩一样。

寂寞的公主

公主被勇敢的王子搭救，
回到了城堡。
城堡还是昔日的模样，
玫瑰花依然盛开。
公主为什么如此忧郁，
整日仰望天空呢？
（魔法虽然可怕，
但是公主却很怀念自己是一只小鸟时，
挥动着银光闪闪的翅膀，
飞向遥远的天的尽头。）

街上花瓣飘飞，
欢乐的宴会仍在进行。
寂寞的公主，
独自守候在黄昏的花园里，
火红的玫瑰她也不理睬，
只是一直仰望着天空。

梦

当我们沉入梦乡时，
奇妙的事情可能发生。
淡淡的粉红色花瓣，
轻飘飘地落在地板上，
一睁开眼睛，
就消失不见了。

看不见的东西

当我们沉入梦乡时，
奇妙的事情可能发生。
淡淡的粉红色花瓣，
轻飘飘地落在地板上，
一睁开眼睛，
就消失不见了。
谁都没看到，
可能有人会说那是假的吧。

在眨眼的一瞬间，
会发生怎样的奇迹呢？
一匹白色的骏马展开翅膀，
翱翔于湛蓝的天空，
比白羽箭还要快一百倍。
谁都没看到，
可能有人会说那是假的吧。

睡梦火车

孩子乘坐着睡梦火车，
从睡梦车站缓缓启程，
目的地是梦境之国。
道路绚丽多彩，
轨道闪耀着红色的光芒，
火车疾驰而行。
红云缥缈，
月光皎洁，
在玻璃塔顶端，
一颗白色的星星闪闪发光。

众人凝视着窗外，
火车抵达了梦醒车站，
梦境之国的礼物，
无人能够带回，
通往梦境之国的路，
只有睡梦火车才知晓。

船儿睡吧

从远方归来的小船，
你一定很疲惫吧？
在这安静的港湾，
波浪轻柔地拥抱着你。
缓缓地，缓缓地，
让自己沉睡吧。
你载着鱼儿，
迎着风浪，
从远方归来的小船啊，
你一定累了吧。

人们已经回到岛上，

带来一捆捆新鲜的蔬菜，

一袋袋饱满的大米。

而你，我的小船，

在未承载货物之前，

就让温柔的波浪轻轻地摇晃着你，

缓缓地，缓缓地，

进入梦乡吧。

椅子上

我坐在礁石上，
周围尽是大海。
潮水涨起来，
无数帆影向着海的
那边渐行渐远。
太阳西斜，
天空高远，
潮水涨起来……
（别玩了，开饭了！）
哦，是妈妈在喊。
我从椅子的礁石上纵身一跃，
跳进房间的大海里。

看不见的城堡

我在山林里狩猎，
天色渐晚，
我带着看不见的随从，
回到看不见的城堡。
原野上有一位看不见的牧羊人，
在远处吹着看不见的笛子，
呼唤着看不见的羊群。
森林的对面是看不见的城堡，
城堡的金色窗户里，
灯光在闪烁。
我是小小的王子，
骑着一匹看不见的马，
看不见的铃儿叮当叮当地响着。

隔扇门上的画

这里是沉睡的森林，
大家受到邪恶的诅咒，
都陷入了沉睡。
一只戴着红帽子的啄木鸟
停在柏树上，
睁着眼睛，
啄着树干，
陷入了沉睡。
在盛开的樱花树旁，
两只展翅欲飞的绣眼鸟
陷入了沉睡。

花儿也在沉睡中，
来不及绽放。
风儿也在沉睡中，
来不及吹拂。
这里是沉睡的森林，
永远沉睡的森林。

如果我是男孩

如果我是男孩，
我要四海为家，
当一名水手。
我要把船涂成大海的颜色，
挂上和天空一样颜色的帆，
无论去向何方，
无人能寻觅到我。
在广阔的海面上航行，
若遇到强大的船只，
我会威风凛凛地说：
“嘿，我把潮水送给你们吧。”

若遇到弱小的船只，
我会和和气气地说：
“各位，请把你们家乡的故事留下，
一个一个来。”
不过，
这样的恶作剧，
我只在空闲的时候玩一玩。
我最重要的工作是找到那些坏蛋的船，
他们抢走了故事里的宝贝，
如果遇到他们，
我要打一场漂亮的仗，
把宝贝一件不少地夺回来：

隐身斗篷、魔法灯、
唱歌树、七里靴……
我的船满载而归。
蓝色的船扬帆远航，
在广阔蔚蓝的天空下，
在宁静湛蓝的海面上，
向着远方航行。
如果我是男孩，
我真想那样去冒险。

两个小盒子

红绸、缎子、甲斐绢，
美丽的碎布片填满盒子，
黑色、白色、绿色的彩色珠子，
也填满了盒子，
这一切都是我的呀。
我多么希望有一天，
当小哥哥成为船长时，
把这两个小宝盒带给我，
这一切都是我的呀。
船在海上航行了数千里，
前往小人国的岛屿进行交易。

梦

在归航的甲板上，

宝物堆积如山，

这一切都是我的呀。

我站在明亮的走廊上，

将它们整整齐齐地摆出来，

然后仔细清点我的彩色珠子，

发出哗啦哗啦的声响，

这一切都是我的呀。

留声机

大人们或许认为，
睡着的小孩子不会想事情。
因此，
当我幻想着自己驾驶小船，
费尽周折地找到一座小岛，
正要驶入城堡的大门时，
大人们突然打开了留声机。
我不愿听那些声音，
只想接着编织我的梦。
然而歌声悄悄潜入，
偷走了我的小岛和城堡。

一万倍

比全世界所有国王的宫殿加起来，
还要美丽一万倍，
那是繁星点缀的夜空。
比全世界所有女王的衣裙加起来，
还要美丽一万倍，
那是清晨倒映在水中的彩虹。
比繁星点缀的夜空和
清晨倒映在水中的彩虹加起来，
还要美丽一万倍，
那是天外的神的国度。

沙的王国

我现在是沙国的国王，
高山、峡谷、河流和平原，
在我的支配下随意改变。
童话故事中的伟大君王们，
你们能像我一样，
让你的山河屈服吗？
我现在是一个了不起的沙国国王。

玻璃和文字

一块玻璃看起来是透明的，
就像什么都没有一样，
当很多块玻璃叠在一起时，
就会呈现出大海一样的蓝色。
一个文字就像蚂蚁一样，
又黑又小，
当很多文字聚在一起时，
就能编出黄金城堡的故事。

向着明亮那方

[日] 金子美铃 著
麦田 译

山东科学技术出版社
·济南·

图书在版编目（CIP）数据

向着明亮那方 /（日）金子美铃著；麦田译.
济南：山东科学技术出版社，2024. 7. — ISBN 978-7-5723-1124-6

Ⅰ. I313.25

中国国家版本馆CIP数据核字第2024LH0487号

向着明亮那方

XIANG ZHE MINGLIANG NAFANG

责任编辑：董小眉　张洋洋
装帧设计：麦田图文

主管单位：山东出版传媒股份有限公司
出 版 者：山东科学技术出版社
地址：济南市市中区舜耕路 517 号
邮编：250003　电话：（0531）82098088
网址：www.lkj.com.cn
电子邮件：sdkj@sdcbcm.com
发 行 者：山东科学技术出版社
地址：济南市市中区舜耕路 517 号
邮编：250003　电话：（0531）82098067
印 刷 者：湖北鑫光印务股份有限公司
地址：湖北省云梦经济开发区三湖大道13号
邮编：430070　电话：（0712）4084888

规格：32 开（146 mm × 210 mm）
印张：6　字数：120 千　印数：1~10000
版次：2024 年7月第1版　印次：2024 年7月第1次印刷
定价：25.80 元